KB092020

아름다운 사람들

최영호 제2시집

시음사
시사랑음악사랑

QR 코드

스마트폰으로 QR 코드를 스캔하면 시낭송을 감상할 수 있습니다.

제목 : 나는 열정이 좋다
시낭송 : 박영애

제목 : 천마
시낭송 : 박영애

제목 : 탈춤을 추며
시낭송 : 박순애

제목 : 어머니
시낭송 : 박영애

제목 : 달그림자
시낭송 : 김지원

제목 : 하회 마을
시낭송 : 박영애

시인의 말

일본은 근본 없는 개구리도 신으로 모시고 신당을 만들어
마츠리 축제에 참여하는 공동체 문화를 조선에서 배워갔
다.
그러나 일본의 민족문화 말살 정책 교육을 받은 한국은
마을마다 있던 서낭당은 멸실 되고 공동체 문화는 소멸했
다.
수동별신굿탈놀이, 병산별신굿탈놀이.....
낙동강 굽이굽이 많은 전통적인 탈놀이는 미신이라는 교
육에 사라졌다.
하지만 1928년 무진생 서낭신의 회갑년에 마지막으로 놀
았던(의성김씨 처녀는 17세에 죽었다. 그래서 17세 댕기머
리를 한 소년이 각시광대를 했다.)
17세에 각시광대를 50년이 지나서 이년의 설득과 더불어
학자들의 조사 결과를 바탕으로 1980년에 비로소 사라졌
던 하회별신굿탈놀이는 복원에 성공했다.
벼랑 끝에 매달려 붙들고 있을 수 있을 용기는 누구나 있지
만 잡은 가지를 놓을 결단으로 글을 썼다.
총각 귀신 그들이 꽃 피우지 못한 가지는 부러 졌지만
꽃 뫼에 봄은 왔다. 그러나 지금도 전통문화를 꽃피우기 위
해 맥맥히 이어가는 아름다운 사람들이 있다.
그들의 희생에 이 책을 바친다.

시인 최영호

★ 목차

★ 목차

★ 목차

아름다운 사람들

꽃 뫼에 봄이 왔다고
강 언덕에 늘어진 버드나무가
푸른 춤 추고 아름다운 새들이
짝을 이루어 날아오른다.

우듬지 한꺼번에 물이 올라
가지마다 퉁퉁 부푼 젖을 물고
아기 손 닮은 새순을 밀어 올린다.

볕이 좋은 언덕 우뚝 솟은 홍매화
수줍은 소녀의 초경이 터진 듯
길 나선 십칠 세 댕기머리 봄처녀
발그레 낯빛이 붉다.

가슴 가득 부푼 꽃망울 품은 얼굴로
다가온 총각은 아름다운 사람들과
미소를 머금고 볼우물 깊은 신명을 퍼 올려
마당 가득 기쁨에 젖어 있다.

시인은 백정이다.

진실한 시를 쓸 때까지
멀지도 가깝지도 않은
딱 적당한 거리에서
풀어 놓은 낚싯줄에
적당한 문장을 드리우고

높고 낮은 파장의 울림과
밀고 당기는 쪼임의 힘으로
긴장과 이완을 통해 수면 위로
끌어 올린다.

문단을 중심으로 엮어
파도로 끝없이 부딪히고 부서지는
세월을 만나 꽃길만 걸어가며
시를 다시 재단하고 반추한다.

늙은 시인은 쇠심줄 같은
가죽을 다루는 백정의 고단한
무두질에 닳고 닳아 부들부들한
고운 봄의 시를 퇴고한다.

나는 열정이 좋다

아침에 일어나면 점방 덧문을 열고
아버지 숟가락이 된장국을 한술 뜨면
뽀드득 눈사람과 눈 마주치는 철없던 아이.

사과꽃 가지마다 꽃가루 분을 바르고
푸르던 열매가 수줍게 익을 때까지
봄부터 가을까지 잡초와 호미걸이 씨름 하면
한 톨의 사과 열매가 익었다.

경운기 비포장길 언덕을 굴러 손가락을 잃어도
추억이 아름답고 지금에 충실한 나는
아득한 미래를 담보로 오늘을 산다.

무형의 꿈을 찾아 끊임없이 춤추고
북소리 투박해도 꾸밈없는 울림과
비바람 눈보라와 춤판을 걸어도 열정이 좋다.

제목 : 나는 열정이 좋다
시낭송 : 박영애
스마트폰으로 QR 코드를 스캔하면
시낭송을 감상할 수 있습니다.

매화 향기 가득한 밤

따스한 봄기운을 머금은 가지 끝에
몽정하는 청춘의 싱그러운 향기 그윽하고
흐릿한 눈동자에 아지랑이 아슴아슴 피어오른다.

긴긴밤 별을 바라보던 까만 눈동자 하나
거친 세월의 바닷길을 돌아온 반백의 품으로
벌들은 매화의 향기를 분주히 나른다.

두꺼운 어깨 거친 손마디 떨리는 목소리로
달콤한 노래 부르며 나의 방으로 들어와
가슴 가득 매화 향기 보듬어 안고 입맞춤한다.

매화나무도 부끄러워 꽃잎 붉게 타오른다
산마루 잔설이 녹아 첫사랑 두근거리는
초야의 마른 침 삼키는 매화 향기 검고 푸르다.

설날

무지갯빛 꿈을 그리며
홍안의 수많은 날을
부딪히고 부서지는 파도를 넘어
어제 위에 덧칠한 오늘

푸르던 들판은 사라지고
삭풍의 겨울이 오면 향기 없는
맑은 눈꽃이 핀다.

칼날 같은 세상 구르고 굴러
눈물 꽃이 비탈진 개울을 흘러도
주름진 얼굴에 미소가 아름답다.

눈 덮인 겨울밤이 길어도
까치 설 어머니 살가운 품에서
유년의 추억이 향기롭다.

밤새워 던지는 윷놀이 웃음소리
방안 가득 화목한 꽃이 피고
눈썹이 하얗게 은빛으로 물든다.

산

흰 구름이 펄펄 내린 후
서슬 퍼런 갑옷을 두르고 앉아
밤새도록 바다를 꿀꺽 마시고
우뚝 솟은 푸른 빛의 발기.

태양이 관통하는 순간
굳건한 기상의 산맥은
거친 숨을 토하는 싸움소의
불끈불끈 붉은 힘줄이 선명한데

수줍은 소녀와 미소를 머금고
달보드레한 입 맞추고 웃으며
산마루를 돌아 부푼 가슴 열어
사랑으로 보듬어 안아주는 너

바람이 비껴간 골짜기엔
때로는 여린 속살의 꽃을 피우고
긴 목을 세운 슬픈 족속의
고라니와 희망의 아침을 맞는다.

겨울 가로등 하나

웅크린 햇살은 긴 한숨을 토하고
잦아든 바람에 겨울나무 하나
가부좌를 비틀고 앉아 대지의
심장 소리를 듣는다.

붙들고 매달린 간절한 영혼은
어느새 따뜻한 양지바른 언덕에
엎드려 뜨거운 가슴을 훔치고 있다.

키 큰 가로등이 우두커니 홀로선
인생길에 이별의 시간은 다가와
긴 목을 세워 외면하고 있다.

경계 없는 울타리 넘어
길고 긴 밤 오지 않는
사랑에 그리움을 삼키고 있다.

꽁꽁 언 대지에 한 톨의 불을
밝혀 놓고 겨우내 품고 있는
처량한 나그네 언 가슴은 뜨겁다.

뜨거운 사랑

투명한 당신의 눈길에
오롯이 부끄러움
가득 담아 드리고
사랑하는 그대에게
내 마음은 맑은 이슬 되어
세상 빛나는 아침이 되었어요

사랑스러운 손길이
다가와 마주하면
심연의 영혼이 물들고
두근두근 뛰는 심장은
빨간 볼에 피어 꽃이 되었어요

연초록 푸른 싹이 돋아나는
봄의 기운 가득 담아
뜨거운 내 마음은
방황하는 청춘의 산길을 달려
다정한 관심이 그리워요

그리운 사랑에 잠 못 들고
긴긴밤 얼어붙은 달그림자
창문을 두드리면 내 마음
유리 찻잔이 되어
당신의 뜨거운 사랑을 받고 싶어요

너의 의미

그리운 날은 그리워하고
쓸쓸한 날은 뜨락을 걸었다
그래도 간절히 보고 싶은 날은
먼 산을 보았다

구름이 지나가고
칼날 같은 바람만 귓가를 때린다.
허기진 영혼 하나
고독의 가시 돋아난다.

우울의 우물을 퍼 올려
사랑으로 헹궈 슬픔을 딛고
거친 파도와 춤추는
갈매기 나래 짓 되어

내일은 또 다른 의미를 찾아
얼어붙은 사람들 사이를 헤집고
오늘 돌아본 너는
바람에 펄럭이는
깃발이 향하는 행복의 나라

사랑하는 그대여

그대 가슴에 포근하게 안겨
그 가을 낙엽 쌓인
오솔길을 함께 가자

사그락사그락 부서지는
낙엽 소리 들으며
붉게 물든 노을 지는
산길을 가자

어깨를 나누며 꽃잠 함께 하자
보드라운 속살 보듬고
꿈길에 따스한 햇볕이 창문을
넘어와 어루만지면
눈물이 또르르 흐른다

안개 밀려오는 호수에
아름다운 원앙이 노니는
꽃길을 지나 나에게 오라
웃으며 가자.

그대여
심장이 뛰고 즐겁다
노랑나비 춤추는
계절은 아직 멀었지만
천둥벌거숭이 반짝이는
강물의 윤슬이 되자.

혼불

산다는 것은 한 편의 연극,
피고 지는 생명이 조화롭고
저마다 열정으로
불태우는 사랑이 향기롭다.

참기름 종지불 밝혀
꽃 뫼에 사랑이 온다
하얀 도포 자락
나래를 펴고 춤추는

바로 지금
주인공은 바로 너
산맥을 딛고 선 장단에
너울너울 바다가 일렁인다.

천년을 지켜온
사랑 영원하리라
춤추고 노래하자
만송정 솔숲에
노을이 뜨겁다.

순간을 살다가 다시 온 봄날

노랑 물감 풀어 놓은 계곡을 따라
일억만 년의 세월이 거슬러 오르고
초식 공룡이 진흙밭을 달린다.

순식간에 우주에서 날아온
불덩이에 땅은 지옥이 되고
하늘은 검게 변했다.

절대 권력의 괴물이 살아가던
이천 년 전의 가혹한 살인은
산수유꽃 꼭 쥔 손을 펼쳐놓았다.

삶과 죽음의 갈림길에서 만나고
찰나에 웃고 울지만, 하늘은 푸르고
못다 한 사랑은 붉은 열매로 맺힌다.

봄의 정원은 꽃불 화촉을 켠다.

봄이 오면 잠자던 나무의
목마른 가지에 물이 오르고
화려한 외출을 꿈꾸는 목련이 된다.

봄의 정원은 꽃등을 밝힌
붉은 초경 터진 홍매화가
자랑스럽게 꽃불 화촉을 켠다.

수줍은 소녀의 입술을 닮은
키 작은 진달래도 분홍빛 치마를
펼치고 순정의 여심을 깨운다.

겨우내 차가운 바람에
가지마다 언 손이 애처로워
태양총각과 봄볕아가씨를
만나 보듬어 안고 어루만지면
사랑스러운 햇살을 출산한다.

산 동네 넘어 돌아오던 날
햇살은 뜨거운 바람과 함께
시나브로 다가와 아지랑이 오르는
나의 정원에 싱그러운 젖을 준다.

홍매화

물오른 가지에 꽃눈을 뜨고
더벅머리 총각이 볼까 봐
살짝 눈을 감았다.

봄볕 따스한 바람이 불어오면
붉은 치맛자락 향기로운 그곳에
춘심이 터진다.

겨우내 언 손의 투박한 수고로움에
이리저리 잘린 가지는 슬픔을 딛고
냉가슴 애달픈 그리움을 삼켜도
앙다문 입술을 적시는 봄비에 꽃잎 터진다.

홍매화 붉은 초경에 뛰는 가슴
빼앗긴 마음을 되돌리려 해도
피할 수 없는 봄의 춘정이
뜨락 가득 솟아오른다.

천마

꽃 피는 봄이 오면
새들도 짝을 지어 둥지 틀고
사랑을 나누는 나무마다 물이 올라 싱그럽다.

산천초목 푸르른 여름이 오면
끝없이 밀려오는 파도를 타고
가슴 가득 태평양을 품어 안은
벽옥의 동해안은 더욱 아름답다.

천마를 타고 달리는 해맑은 아이들이
황금 물결 일렁이는 들녘을 지나고
맑은 하늘 붓질하는 갈대의 손짓은
흥겨워 덩실덩실 알찬 결실이 풍성하다.

세계로 향하여
소망의 새날을 위한 나래를 펴고
하늘로 날아오르는
천마의 힘찬 기상 가득하다.

제목 : 천마
시낭송 : 박영애
스마트폰으로 QR 코드를 스캔하면
시낭송을 감상할 수 있습니다.

족두리 벗던 날

뜨거운 여름 지난
낙엽 쌓인 산야엔
사그락사그락 속적삼 벗는 소리

꽃잠 자는 새색시
속치마 보드라운 속살 위로
은은하게 달빛이 비친다.

눈물이 또르르 굴러 옷고름 풀고
못다 한 원앙금침 꿈길을 노닐며
서낭당을 내려오던 날 펼친
돗자리에 버선 벗고 누웠다.

붉은 치맛자락 향기로운 그곳엔
젖은 그리움이 어느새
산천에 툭툭 떨어진다.

탈춤을 추며

측은한 산마루 빈 초당에 엎드려 빈다.
나를 성장시킬 걸음으로 딛고 선 본능
한 걸음 멀어진 과거를 돌이켜보면
세상의 모진 바람을 탐했다.
바람이 스치고 지나간 텅 빈 하늘
아무것도 남지 않은 헛헛한 가슴으로
빈 들판에 홀로선 그리움의 솟대가 섰다.
누구도 올 수 없는 피안의 언덕
사람이 신의 가면을 쓰고
춤추는 동안 신명이 된다.
나의 자아는 우주 끝 절대적 존재와 하나 되어
군림하며 누리를 날듯이 걷는다.
어깨너머로 번진 웃음 바이러스 찾아들면
아무도 남지 않은 빈 마당을 바람이 더듬고 간다.

제목 : 탈춤을 추며
시낭송 : 박순애

스마트폰으로 QR 코드를 스캔하면
시낭송을 감상할 수 있습니다.

밤이 길던 그날

시간이 멈춘 그날
숨소리 뜨거운 그날
마른침 꼴깍 목젖을 타고 흐른다.

깊은 샘물
산마루를 흘러
천년 바위산 쿵쿵
계곡을 지나 바다로 간다.

시간은 멈추고
아슴아슴 안개가 밀려와
각인된 기억은 봉인을 푸는데

봄꽃이 핀 골짜기엔
벌에 쏘인 듯 퉁퉁 부은
마음이 녹아
달콤한 샘물이 솟아 오른다.

밤이 길던 그날
아찔한 너와 나는 하나가 된다.

수선화 피던 날

하루 종일 비가 왔다
나무가 목을 축이고
꽃씨가 겨울잠에서 깨어나
새로운 싹을 틔운다

니가 생각나서 눈을 감았다
하루 종일 너를 생각하는 나는
향기로운 너 때문에 흠뻑 젖어 버렸다

두꺼비가 짝을 업고 지나간다
나도 너를 업고 살면 좋겠다
비에 젖은 너를 업고 살면 좋겠다

봄비가 내리면 계절이 바뀌고
나도 모르게 웃음이 저절로 난다
나는 황금빛 수선화가 된다.

꽃씨를 심으며

누구나 똑같이 주어진 하루
나는 선물 같은 하루를 꽃밭에
거름 주고 꽃씨를 심는다.
수선화 뿌리를 심고 가만히 두드린다.

쏜살같이 지나가는 하루를
차근차근 보듬지 못했다.
처음 가는 삶의 여정길에
찰나를 꽃피우고 싶다.

꽃이 피고 떨어지는 꽃잎이 서러워도
정성스럽게 오늘을 퍼올려
나는 사랑의 꽃씨를 심는다.
봄에게 소망의 물을 준다.

우리의 정원은 황금빛 융단을 깔고
사랑이 꽃 피는 언덕 아래
싱그러운 봄의 향기로
꽃밭 가득 그윽한 냄새가 난다.
나는 너와 함께 꽃을 피운다.

진달래 꽃이 피었다.

팔공산 모퉁이 돌아가면
산길에 키 작은 단발머리 소녀
연분홍 립스틱 수줍게 바르고
말없이 여린 입술 촉촉하게 젖어 있다.

이끼 자란 바위틈 사이에
여린 속살 살짝 솟아오르면
아련한 눈 맞춤 그윽한 향기에
떨리는 손으로 어루만지면
연분홍 꽃이 핀다.

아무도 모르게 살짝 입맞춤하면
천지갑산 종달새 하늘 높이 날아올라
한 뼘도 안 되는 세상 끝에 시름시름
시들어갈 너에게 싱그러운 향기 전한다.

나도 싱겁게 웃으면 너는 반갑게 인사하고
천지가 화답하며 화려한 봄이 된다
이리저리 뒤척이다 돌아가는 길에
잊었던 자아가 미소짓는다
진달래 꽃이 피었다.

어머니

"삐거덕" 팔다리 움직이는 소리,
꿈결에 오시려 해도 넘어져
고운 딸 잠 깨워 성가실까 봐
오시질 않는다.

천국에 가신 엄마가 그리워
나도 모르게 엄마에게 전화한다
"따르릉따르릉"
포근한 엄마 품에 벨 소리 울렸다.
"엄마다. 내 새끼 잘 지내지!
사랑해!
나도 모르게 눈물이 난다.

천국의 소리에 가슴이 뛴다.
하얀 사과꽃 붉게 물들어
바람결에 날아간 천국에서
예쁜 꽃이 핀다.

엄마도 웃고 딸도 웃는다.
"따르릉따르릉"
활짝 웃는 꽃 같은 내 모습에 즐거우실 어머니
꿈에서라도 한 번 봤으면 좋겠다.

제목 : 어머니
시낭송 : 박영애
스마트폰으로 QR 코드를 스캔하면
시낭송을 감상할 수 있습니다.

우리의 정원은 봄비에 젖었다.

겨우내 너를 기다리며 불을 지피고
애태운 연기 이리저리 흩날리며
때로는 몽실몽실 하늘로 오르며
구름을 타고 산 너머로 소식 전한다.

먼 곳에서 다시 찾아온 반가운 너는
한 걸음 두 걸음 산길로 내려와
긴긴밤 달그림자 얼어붙은
창문을 녹이고 가슴에 안긴다.

볼 빨간 얼굴 수줍은 나의 방에
이부자리 폭신폭신한 잠자는
나를 깨우는 너는 생명의 수호자요
사랑의 씨앗 꽃 피우는 아프로디테다.

새색시 미소를 머금은 너의
달콤한 입맞춤에 달아올라
우리의 정원은 온통 기쁨으로
두근거리는 설렘의 시간이 된다.

영미의 밤

영미! 영미!
목놓아 부르는 소리
여리고 예쁜 얼음 침대 위로
미끄러지고 문지른다.

보일 듯 말듯 다가선
귀여운 그곳에 달콤한
돌들의 만남은 돌고 돌아
만남과 헤어짐을 반복하고

떡하니 쫀득쫀득 부딪히고
때로는 모른 척 외면하면
아련하게 밀려오는
신음의 밤은 깊고 푸르다.

사랑의 이름으로 다가선
너에게 미끄러진 나의 마음
더도 말고 딱 적당한 거리에서
기쁨의 악수를 하고 웃는다.

우듬지

절대 우상 존엄을 믿는
인민의 집단적 맹신과 광기
혼돈의 시대를 살아온 동포들아
생동하는 봄이 왔노라

깜깜한 어둠의 밤을 지새우고
여명의 초롱초롱한 샛별이
빛나는 아침이 왔노라
눈을 뜨고 일어나라

오랜 기다림에 지친 마음
살가운 눈인사 눈 맞춤에
봄눈 녹듯 훈훈한 미소 지으며
천천히 찾아온 자유의 길을 가자

봄의 기운 가득 안은
벌거벗은 버드나무의
우듬지 한꺼번에 물이 올라
초록빛 새싹 돋아나 깨어나라.

사랑이라는 이름의 너는

널 생각하면 시간은 자연을 돌고 돌아
세상은 멈추고 나의 가슴이 뛴다.
너는 가뭄에 목마른 대지를
적시는 단비의 생명이요 삶이다.

사랑이라는 이름의 너는
나에게 항상 긍정적인 최고의 삶을 그린다
너는 물리적 힘과 형이상학적인 이상보다
한걸음 앞서는 발견과 발명이다.

너는 검은 바다에 길 잃은 배의 북극성이고
미지를 찾아가는 선구자요 희망이다.
너는 나에게 와서 기쁨이 되고
미래의 가장 아름다운 가치가 되었다.

우리

대지를 덮은 하얀 눈꽃 위에
파란 바닷물을 찍어 쓴 사랑
전하지 못하고 녹아버렸다

하늘이 맑아 푸른 대나무로
허공에 쓴 그리움
바람이 불어 사라져버렸다

생각날 때마다
써보는 당신의 이름
차마 보이질 못하고 지워버렸다

사람과 사랑의 차이가 없고
자연과 시간도 경계가 없다

나와 너의 빈틈 없는 따뜻한
세상을 위해 오늘을 쓴다
나를 잊어버렸다.

꽃

밤새워 바라보고 꿈길에 만나
꽃길만 걸어갑시다.
당신은 내 마음속에
한 송이 꽃입니다.

행복이란 두 글자는
언제나
당신과 함께 하는
즐거운 밥상의 달콤한 양념입니다.

오늘도 소중한 하룻길
당신의 눈동자와
입 맞추고 소곤소곤
사랑을 속삭입니다.

환하게 웃으며 다가온
당신의 얼굴은
봄날의 햇살 가득한
꽃입니다.

주홍빛 아궁이

시커먼 아궁이 앞에
검은 솥은 대지의 숨소리
뜨거운 입김 토하고
구수한 짚과 콩깍지는 누렁이
뜨끈한 아침을 깨우고 있다.

굴뚝에 연기 마을을 지나
산길을 오르면 타다 남은
숯불에 구운 고구마 하나
까만 눈동자의 시선 안에서
이리저리 검정을 구르고 뒤척인다.

동무와 놀던 산길은 까치가 날고
개구리 울음소리 멈춘 자리에
스리랑카에서 온 젊은이들이
땀 흘려 일하는 공장이 우뚝 솟아 있다.

눈 내린 산길을 넘어 돌아오던 날
우두커니 홀로선 서낭당 나무는
찬바람에 눈물을 삼키고
외면의 속울음 우는데
석양이 물들어 어둠이 찾아온다.

늘 갈망하는 눈빛으로
그 겨울 행복을 찾아
길 떠난 나그네의 눈동자엔
따스한 온기를 전해주는
아궁이 안 주홍빛 숯불이
환하게 웃으며 반긴다.

당신은 나에게 그리움입니다.

당신은 나에게
겨우내 은근한
연탄불이 되어
사랑의 불이 꺼질까 봐
늘 살피고 보살핌을 주었습니다.

춥고 바람 불던 날은
방 안의 화초가 되어
밤낮없이 향기롭게
같이 웃고 울었습니다.

얼어붙은 강 위로
아이들의 웃음소리
썰매를 타고
멈춰버린 시간이
겨울 새의 날개를
꺾어 버렸습니다

귓가를 스치는 바람 소리
긴긴밤 우두커니 홀로선
그리움을 깨우면
일찍 가신 당신이 생각납니다

늘 부지런히 아침을 깨우고
굴곡진 세월을 거슬러 돌아본
각인된 상처 곱씹고 일깨워
다지고 헐어서 차곡차곡 쌓아
하늘나라 역사에 새김 하셨습니다.

그 겨울의 행복이
우리들의 삶과 영원히
함께 할 수 없지만
따사로운 추억을
그리워하며 살겠습니다.

산사의 여름

무형의 영혼이 멍하니 머무는
산사의 범종 울릴 때
마른번개가 산맥을 달린다.

벼랑 끝에 불어오는 바람
푸른 청솔 가지 위로
검은 뭉게구름 솟아오르고

물끄러미 바라보던
큰 스님 주름살 위로
우두커니 홀로
염화미소 번진다.

한줄기 소나기
세상을 적시고
우담발라 꽃이 핀다.

추억

뽕잎 먹고 꼬물꼬물
하얀 나비 꿈꾸며
둥글게 토해낸
명주실 한 타래
홀치기 바늘
위로 날아다닌다.

아버지 마른기침에
아침이 오고
길고 긴 굴곡진 세월을
노동과 바꾼 청춘은
주름살 밭고랑이 깊게 파여
저녁노을이 서산을 물들이면

둘레판 밥상머리
옹기종기 제비 가족
모여 앉아 웃음 반찬
보시기 소복소복
쌓아놓고 두고두고
생각나면 쟁여둔 사랑
숟가락으로 퍼먹는다.

겨울 그림자

하루살이도
한철 메뚜기도
피고 지는 꽃 같은 삶을
붙들고 매달린다.

벼랑 끝에 매달린
화두를 붙들고 있기는 쉬우나
놓아 버림이 어렵다.
천년 솔가지에 부는
바람이 푸르다.

은행나무 하늘 보고
가슴을 열었다.
얼어붙은 강 위로
천년학이 날아간다.

바람이 분다
긴긴밤 달그림자
창문을 두드리고
오지 않는
봄을 재촉한다.

평창 동계올림픽

세상이 꽁꽁 얼어도
뜨거운 심장에
온기를 전하는
사랑 가득한 나날 되게 하소서

차가운 눈밭을 함께 걸으며
맞잡은 손에서 전해지는
사랑으로 심장을 두드리게 하소서

허기진 영혼에 따뜻한
사랑을 가득 담아
서로 나누어 먹고
미소를 지으며 하나 되게 하소서

오해와 반목으로
얼어붙은 얼굴을 보듬고
꽁꽁 얼어 버린 손에
따스한 온기를 전하게 하소서

세계 속의 평창이
하나 된 조국을 만드는
용광로가 되어
평화통일의 역사를 만들게 하소서

겨울 나그네

사랑스러운 훈훈한 미소와
꽃길만 걷고 봄의 따스한
햇살이 가득하던 마음 밭에
북극의 차가운 칼바람 분다.

끝없는 인생길 위에서
깊이를 모르는 크레바스를
건너뛰고 보니 깎아 지르는
빙벽을 만나고 말았다.

혹한의 계절이 오면
잉 잉 바람이 운다
벌어진 가슴과 가슴 사이
앙칼진 바람이 할퀸다.

어쩌면 우리들의 삶은
모진 겨울을 견디고 따뜻한
마음의 정착지를 찾아가는
헐벗고 가난한 무형의 겨울 나그네

이별

이미 지나간 세월의
강을 건너갔어요
눈길조차 주지 않는
무심함이 남았네요

뛰는 심장은 숨죽이고
힘없는 눈동자가 쓸쓸하네요
우리들의 행복은 여기까지 인가요

안녕이라 말하고
그리고 웃어요
돌아보지 말아요

우울한 발걸음 돌아가는
차창에 스치는 추억이
주마등처럼 지나가네요
마지막이라는 인연의 실타래
간절한 열정이 식어가네요

처녀귀신 총각귀신

낙동강 굽이굽이 사연도 많아
오십년 만에 부활한 별신굿은
사람 잡아먹는 처녀귀신

사십년 동안 춤추던
젊은 광대를 찾아보면
임치남은 중탈을 쓰고
물에 빠져 죽었고

신준식은 부네탈을 쓰고
백혈병으로 말라 죽고
박동춘은 할미탈을 쓰고
자살로 젊은 생을 마감했다

지병근은 암으로
영원한 초랭이가 되었고
사진 잘 찍던 이운규는
술독에 빠져 죽었다

십칠세 처녀귀신은
총각을 좋아해서
모두 가난한
총각귀신이 되었다.

무진생 각시탈이 이뻐서
또 그렇게 신명 나게
총각귀신 될 놈들이
줄을 선다.

눈 내리는 밤

눈 오는 밤 임시정부 청사에
홀로 남은 김구는 이봉창에게
천황 암살의 폭탄을 들고 기념촬영을 했다

벼랑 끝에 몰린 나뭇가지에
매달린 손을 놓은 결단은
식민지 제국주의 광기에 일침을 놓았다

중국 상해 홍꺼우 공원의
윤봉길의 도시락 폭탄과
안중근의 하얼빈 권총 저격은 성공하였다

나는 아직도 눈 오는 밤이면
하나 된 조국을 위해 의열단의 심장이 뛴다.
순결한 조국의 산하가 하얀 눈으로 통일이 된다.

행복

포근한 가슴이 그리운
삶의 여로
달콤하고 부드러운
그녀의 더없이 아름다운
그곳에 잠들고 싶다.

사랑해서 너무 사랑해서
뜨거운 두 팔 보듬어 안으면
촉촉하게 젖어 버린
눈가에 눈물이 흐른다.

세상 끝까지 솟아오른
뭉게구름이
시원한 소나기로 내리면
만물이 밝고 푸르다.

분주한 아침 햇살 가득
평범한 그녀의 소소한 천국은
새해 첫날 둥글게 담아낸
떡국 한 그릇

낙동강 칠백 리

병산서원 뜨락에서
몇백 년 돌고 돌아
백일홍 피던 날
파랑새 지저귐을 듣는다

야위어 가던 소작농은
밤새워 별을 헹궈 동창에
아침을 걸어 두고
부농을 그리워했다

삐쩍 마른 손등의
산맥은 바다로 달리고
세월의 강물은 세족의
탁류가 되었다

꽃처럼 살았느냐
묻는다면
풍산들 논두렁 좁은 비탈
손바닥 하늘에도
성실한 콩잎 한 장이 웃는다.

가거라 바다로
굽이굽이 사연을 담아
초록의 푸른 바다로 달리는
너의 용맹한 기상에
마지막 꽃잎이 떨어져 열매가 익는다.

새해를 맞으며

그대여
늘 마음결 고운 눈빛 마주하며
폭주하는 세월의 기차가
잠시 선 중간역의 유부우동
국물을 나누어 먹고 싶다.

지금은
서먹한 가슴에 머뭇거리지만
잠시 머물다 가는 인생 역에
스치듯 만나도 굵은 면발
쫄깃한 심장을 나누자.

새해를 맞아
흐뭇한 미소 짓는
그대의 얼굴을 보듬고
살며시 입 맞추면
고단한 세월이 사르르 녹는다.

새해의 작은 소망

인생의 봄날 나비가 춤추고
호기심의 상자를 열면
파랑새가 날아올라
거대한 바람을 탐했다.

변화하고 소멸하는 시간에
어둠의 고아가 되어
여린 마음엔 절망의 절벽에
우두커니 홀로 설 때

덧없는 삶의 거친 바다로
작은 쪽배에 몸 실어 희망의
열정을 달궜던 세월이 흘러
창가에 서리꽃이 피었다.

어둠 끝 하늘 한편 작은 별 하나
빛나고 마지막 꽃잎이 떨어져
명멸의 순간 흔적 없이 사라져도
어린이 마음에 다시 안겨 찬연하면 좋겠다.

산다는 것은

어느 날 문득
달빛 아래
젖은 그리움이
하얀 영혼을 물들이고

새록새록 떠오르는
너의 뽀얀 얼굴
무서리 내린 차가운
속눈썹 끝에
반짝이는 눈동자

정열을 녹인
초승달 조각배에
밤하늘의 끝에 걸린
신열을 토하는
별 하나 태우고

고독한 삶의 바다
얼어 버린 겨울에도
쉼 없이 노를 저어
뜨거운 사랑을 찾아간다.

송년

같은 시간 속의 하루
그리고 당신의 삶이
나와 함께 하지 못해도
길섶에 피고 지는 들꽃이
당신의 여린 영혼이라면

먼 산에 부엉이
밤새워 우는 소리
당신을 그리워 하는
애달픈 사랑 노래입니다.

세찬 바람에 날리는
눈보라의 안식처
높은 산 천년 솔가지에 핀
눈꽃이 변함없는
순결한 마음이라면

푸른 별 한편 작은 조각구름이
당신의 자유로운 사랑이기를
스쳐 간 꽃향기가 다녀간 뒤
아련한 추억 한 움큼 눈꽃 되어
흩날리면 돌아봅니다.

해

나의 사랑
아프로디테여
너의 성전에 순결한
꽃이 핀다.

사랑으로
휴머니즘을 길들이고
천국의 계단을 지나
피 흘린 영혼을 밟고 선
투사에 혼불

전쟁 같은 파멸의 길
한편 여린 꽃으로
피어난 진실한 열정
너는 외마디 절규

맑은 수정 이슬 또르르 굴러
메마른 목을 축이고
그 너머의 미래와
광명 북돋우려 떠오른다.

착한 여자

가시 없는 둥근 나무
여린 속살 만지면
윤슬 찬연한 웃음소리
메아리가 되고

소담한 너의 뽀얀 얼굴이
비친 창문을 넘어가
한 뼘 자란 햇볕
따스한 온기 전하면

세월을 녹이는
그리움이 자라나
큰 울림 천지에 진동하는
떨림은 기쁘다.

천사의 나팔 소리 귓가를 스치면
고단한 삶이 일순간에 녹아버릴
환희의 그곳은 천국의 성전
보드라운 쉼터에 꽃이 핀다.

눈 내리는 밤

가을볕에 걸어둔 도리깨 삼 형제
바짝 마른 청춘을 두드리고
분주히 갈무리해도
삼시 세끼 배고프다.

아이는 마른 젖 빨고
휘두르는 바람결에
부서지는 세월이
시리도록 아프고 슬프다.

먼 산에 부엉이 울고
밤사이 꿈길에 산길을 따라
찾아온 어머니 젖을 물고
그 시절 주린 배를 채운다.

추억은 홀로 남아
아련한 그리움이 쌓이고
길고 긴 겨울은 소리 없는
하얀 눈만 내린다.

눈꽃

너를 생각하면
하늘의 별도 그리워
은하수 강물을 거슬러 올라
침잠하고
날리는 눈보라가 모두
그대에게 날리는 눈꽃입니다.
빛나는 사랑 노래는 모두
그대를 노래합니다
봄부터 품은 마음
뜨겁게 타오르는 여름 지나
떨어져 휘날리며
낙엽 편지
쌓이고 쌓여 고이고이
접어 두었다가
겨울이 되고서야
꽃잎으로 날려 보냅니다
하얀 눈은 임에게 보내는
꽃 편지입니다.

눈 맞춤

겨우내 움츠린 마음 밭
비닐을 걷어 꽃씨를 심고
창가에 별을 헹궈
깜빡깜빡 졸고 있는 봄

창가에 걸어둔 별 하나
품속에 안겨 두근두근
심장을 두드리고
나그네의 고독한 마음
봄바람에 날아가더니

고운 임 맑은 눈동자
작은 연못에 빠져
퐁당퐁당
물장구치는 개구쟁이
어린이가 되었다.

눈부신 봄볕이
배시시 웃음 지으며
살그머니 다가와
품에 안겨 숨길 수 없는
사랑의 샘물이 솟아올라
뜨락 가득 꽃이 핀다.

눈사람

겨울에 태어난
아름다운 당신은
뽀얀 피부에 복스러운
둥근 얼굴

험한 세상 구르고
넘어진 삶을
아래위로 포개어 놓고
숯검정 눈썹에 솔방울 눈동자
솔가지 손 흔들며 헤어진 뒤

길고 긴 겨울밤
행여나 녹을까 봐
짧은 목에 털실 두른
냉정한 여인아

밤사이 꿈길에
나를 찾아오렴
둘이서 매일
세상에서 가장 달콤한
눈 맞춤하자.

낙엽 그댄 그리움

한 걸음 더
한 걸음 더 멀어질 사랑아
보고 싶어요
그리워요
그대여
내 생의 뒤안길을
같이 걸어요

지치고 힘들어요
언젠가 돌아갈 삶의 길
그저 바라볼 뿐이죠
계절은 이별을 재촉하고
웃으며 안녕이라 말해요

눈물 한 방울 떨어져
내 마음에 퍼지는 그리움,
그리워요
보고 싶어요
그대 빈자리

가을이 지나간 그곳
그리움이 물들어요
화연에 초대된 갈바람,
심술궂은 된바람이 몰고 온
갈잎은 새가 되어 날아올라
하늘에 별이 되었어요

겨울 장미

가을이 지나간 자리
빈 들판에 찬 바람만 찾아오고
피우지 못한 겨울 장미
꼭 다문 꽃잎이 앙금으로 남아

서글픈 눈동자 하나
길고 긴 외면에
찬 서리 내리면
투탕카멘의 미라가 될 너

어둠이 내리는
불 꺼진 가로등 밑
홀로 선 절실한 혼불이여
못다 핀 장미 한 송이
처진 어깨가 애처롭다.

나날이 추워져 얼음이 되어도
뜨거운 절정에 사랑 가득한
눈동자의 벼랑 끝 마지막
여름 그 밤을 그리워한다.

겨울 뜨락

향기롭던 꽃향기가
가득하던 뜨락에
갈바람이 지나간 자리
우두커니 홀로선 그리움 하나

한 번도 느낄 수 없었던
달콤한 뜨락의 향기가
바람결에 스치면 문득
소스라치게 놀라 돌아본다.

행여라도 만날까
기다려 봐도
찬바람이 벌거벗은
내 마음을 앙칼지게
할퀴고 지나간다.

얼어 버린 볼우물에
미소를 퍼 올리고
해 뜨는 태양이 밝아오면
꽃향기 지나간 뜨락에
순결한 눈꽃이 핀다.

달그림자

가을이 창문으로
넘어 들어와
쓰르라미 울적에
고운 임 보고픈 마음
방안 가득 달이 뜬다.

흐르는 세월은 말이 없고
떠돌이 구름은
달빛을 따라가는데
방안에 가득한 그리운 마음
만질 수 없는 임의 얼굴을
찾아 꿈길을 달린다.

벌거벗은 민낯의 뽀얀 달이
부끄러워 눈을 감아 버렸다.
오지도 않는 전화를 기다리고
힘없는 목소리가 달빛이 되어
아롱거린다.

가을이 오면 짝을 찾아
슬피 우는 쓰르라미 울적에
천리만리 멀어져간 바람 같은
임을 찾아 산 넘고 강 건너
달그림자 비치고 애간장 녹이는
풀벌레 소리만 처량하다.

 제목 : 달그림자
시낭송 : 김지원
스마트폰으로 QR 코드를 스캔하면
시낭송을 감상할 수 있습니다.

함백산

겨울 산은 맑은 공기와
코끝이 알싸한 솜사탕 같은
눈밭을 만든다

아이젠 없이 걸을 수 없는
겨울 산의 능선과 능선은
장엄한 전경을 펼쳐놓는다

산맥과 산맥의 장쾌한 기상은
힘 있는 싸움소의 등처럼 힘차게
뻗어 있다

따스한 입춘대길 주련 앞에
겨울 산은 싸움에 진 싸움소 마냥
줄행랑을 놓고

길고 긴 그림자가 햇볕의 간지럼에
껄껄거리고 웃고선 함백산

방하착

참다운 나를 성취하려고
보리수 아래 깨달음의
순간을 바라는 마음으로 앉아

영롱한 아침이슬이
햇살에 더욱 빛날 때
그리운 임 생각한다

문 없는 문을 지나가면
눈앞에 아른거리는 번뇌가 타오른다
바람불면 행여나 한 소식 들을까

아련한 기다림은 떠나지 않네
보고 싶은 마음 그리움 되어
먼동과 함께 떠오른 햇살과
찬란하게 되살아난다

행여나 그대 오늘도 만나려나
기대감으로 또 하루를 내려놓았다.

겨울나무

사람의 명성은 굉장한
소음공해에서 출발해
저물어 노을이 지면
대숲에 잠드는
새들의 지저귐이 된다.

조용히 잠들어 고요의
피가 돌고 생각의 샘이
마르면 겨울나무의 무진장
넓은 도량과 하나 된다.

색깔도 버리고 목적과
방향마저 상실한 무한의
수렴은 언 땅을 딛고 선
무아의 자아를 만난다.

무위로 비워낸 붉은 마음
허물어지는 한옥에 버팀목으로
지극한 고요와 침묵의 너그러운
봄바람 같은 향기로 살겠다.

첫눈

밤새워 너를 기다리고
어둠은 별도 없는
긴 터널을 지나
하얀 아침이 시나브로 왔다.

착한 그리움을 담은
눈부신 눈동자와
너의 뽀얀 속살은
여린 아이의 풋풋한
미소를 닮았다.

반가운 마음에
손 내밀어 너를 만지면
가까이 가기도 전에
달아올라 녹아버릴 첫사랑

다가가면 멀어지는
애절한 사랑은
이루어질 수 없어
하염없이 바라만 본다.

할미 춤

퀭한 눈 짓무른 눈가엔
잊어버리고 살았던
수많은 푸르른 시간과
한평생을 속울음 울며 흔든다.

누가 진실한 사람인지
촘촘하게 들여다보면서도
금 가고 빈자리에
휑한 바람이 불어온다.

진실을 알게 하는 대지의
꾸중보다 조금 더 혹독한 추위에
맨살을 드러낸 이유 중 하나,
아린 상처를 보듬어 안으려
시련의 지축을 울린다.

있는 듯 없는 듯 존재감 없는 너는
또 그렇게 신명 나게 흔든다.
허리를 드러낸 파격의 도발과
삐쩍 마른 청춘의 세월을 거슬러 오른다.

낙엽이 떨어진 후

단풍이 물들고
보배로운 한철 지나간 뒤
나무는 수관에 든 물을 비우고
또 그렇게 침잠하는 세월을 삭힌다.

봄은 아직 멀었는데
따스한 햇볕 바라기와
그리 멀고 먼 태양의 긴 그림자
드리운 어둠은 길고 길겠지.

속울음 우는 가을이 지나간 자리
붉게 산화한 후 떨어지는
그리움이 된다.
무엇이 남아 있는지 미련마저도
알뜰한 눈물이 되는가?

산들바람 한점에 파르르
웃는 들꽃을 보라.
누구의 노력도 도움 없이
피어나 살아간다.
이름 없는 들꽃이
여린 햇볕 바라기를 한다.

비어 있는 꽃병에
향기 가득 담고서
첫눈이 내리면 그리운
사람을 그려본다.

솔방울의 푸른 꿈

딸랑딸랑 흔들어 대는
찬 바람에 우수수 떨어져
구르고 굴러 활짝 폈다.

산골짜기에 부는 소슬바람에
별 바라기를 하다가
소곤소곤 사랑을 이야기하고
살며시 입 맞춘다.

봄볕에 날리던 노란
사랑의 편지를 보내고
첫사랑의 굳은 약속,
맺은 언약은 삭풍에
날아가 버려도 어쩔 수 없다.

황망한 세월이 흐르고
산비탈을 굴러와 활짝 웃는
너는 소녀의 수줍은 미소를 닮았다.

흘려 버린 웃음에
낙락장송 푸른 씨앗을 뿌리고
빈 껍데기뿐인 너를 안고 돌아온 방안에
고이 접어 물을 머금고
돌아누워 너를 바라본다.

언젠가 목마르면
잃어버린 푸른 꿈을 그리워하다가
활짝 피어 나를 보며
사랑의 눈웃음을 흘리고
딸랑거릴 솔방울 사랑아.

하회 마을

솔가지 성근 붉은 섶다리 마을
뽀로통한 딸아이 부르는 소리에
둥둥 감긴 이불을 털고 일어나는
아침은 헐벗고 배고프다.

참외밭 옆 웅덩이 올챙이
소복하게 삐끔거리더니
알통 오른 뒷다리 폴짝 이며
밤새워 짝을 찾아 목놓아 울었다.

긴긴밤 반짝이던 눈동자들 꼬박꼬박
졸다가 샛별 쓰러져 잠들고
드르릉 코 고는 소리에 꼬마 아이들
주저리주저리 열린 여름 서리
함초롬 적시고 달콤한
웃음소리 달음박질친다

새초롬한 바람이 옴팡지게 불어와
그늘진 구들장 밑을 파고들어도
알차리 나뭇등걸 숯불 익어가면
비뚤어진 문틈, 문풍지 사이로 들어온
겨울 찬바람에 떨던 딸아이
쇠 불알 늘어지듯 축 늘어져
새근새근 잠이 든다.

안개 낀 아침 까마귀 울더니
두 칠을 앓다가 별나라로 갔다.
이슬 방울방울 흐르고 어머니
물그릇에 비는 손 슬프다.
누렁소 등위로 까마귀 날아가고
노을빛 하회마을 강물은 흐른다.

제목 : 하회 마을
시낭송 : 박영애

스마트폰으로 QR 코드를 스캔하면
시낭송을 감상할 수 있습니다.

77

이별

같은 공간에서 숨 쉬고 맑은 영혼의
꽃은 피었고 사랑도 피었어요.
단풍이 물들고 가을도 갔는데
붉은 마음속 가득 향기로운 꽃이 떨어져요.

봄이 오려면 아직 멀었는데
당신과 함께하던 꽃이 진다.
나는 어쩌라고 너마저 가버리면
나는 어쩌라고 나는 그냥 하염없이 울겠어요.

어이 하라고 가버리면
어쩌라고 가을이 가버리면
나는 어쩌라고 이별은 아리고 슬퍼요.
가을이 갑니다.

아~어이 하나요
날 버리고 가버리면
한동안 쓸쓸해서 어이하나
너마저 가버리면 나는 어쩌라고
이별은 아리고 슬프다.
사랑아 가지 말아요.

가을 국화

찬 서리 내린 아침,
시들어갈 중년은 백발의
꽃이 피었고 긴 그림자가
여린 볕을 그리워하는 늦가을
마지막 꽃잎이 태양을 닮았다.

오랜 기다림에 핀 국화가
붉게 피어 일갈했다.
사랑하였는가?
큰 울림에 담벼락의
숨구멍 틈 새앙쥐가 들어간다.

과거도 미래도 한 우물 두레 박,
시원한 해갈의 큰 울림이 관통한다.
정성스럽게 핀 마음 기리고
사랑을 가득 담아 본다.

첫눈이 내리고 찬 서리 안은
여린 속살의 아련한 그리움,
담백하고 후련함 뒤
긴 여정의 가을 뜨락에
두근거리는 양심이 붉게 탄다.

겨울 바다

삶과 죽음의 갈림길에
몸을 던져 날아간
생존의 나래 짓 하나
약자의 비굴한
생존은 비상이었다.

힘에 밀린 생존 전략은
허기진 굶주림과
재잘재잘 떠드는
허망한 지저귐 뿐,

남극의 모든 숨결은
뜨거운 용암이 솟구치는
정열이 만든 파장,
흔들리는 너울 너머로
알바트로스 날아간다.

억겁의 부딪힘에
사그라든 파도의
하얀 물거품은
권력의 바위 아래
얼어버렸다.

안동 간고등어

푸른 바다 등에 업고
영덕 앞바다 건져 올려
다리 없는 지게에 실려
이틀을 황장재 가랫재 넘었다

쳇거리 장터 마을 당도하니
땡땡하던 피부는 곰삭아
배 가르고 소금 염장
낙동강 나룻배에 몸을 싣고
오일장 어전 위에 누웠다

장에 간 아버님 며느리 줄 마음에
닷 돈 주고 산 안동 간고등어 한 손
아궁이 숯불에 노릇하게 구워져
밥상에 올랐다

삼대가 둘러앉아
코 흘리는 손자 입에 오물오물
할아버지 깊게 파인 볼우물
그곳에 미소 꽃핀다

별 바라기

아슴아슴 다가오는 별 부스러기
눈물이 되어 날아올라
허공을 가로질러
은하수 강물이 되어 흐른다.

바람의 길은 임을 향해
노를 젓고 갈망하는 눈빛이
긴 삿대질 하늘을 찌르면
괜스레 눈물이 강물로 흐른다.

통곡의 바다는
하얀 밤을 지새우고
찬바람 부는 바닷가
남폿불 포장마차에
빈 술병만 줄을 선다.

그리움의 텅 빈 바다
소리쳐 불러 봐도
대답 없는 메아리가 되고
소담스러운 당신의
밝은 얼굴이 그리워서
밤마다 별 바라기를 한다.

뿌리

엄마 품이 그립고
사람의 정이 그립다.
아쉬운 웃음을 지으며 돌아서는
연인들의 작별이 그립다.
보드라운 가슴을 만지며
달콤한 젖을 머금은
아이의 배냇짓 미소가 그립다.

낯선 곳에서 찾아온
어둠이 등 뒤를 밀어도
돌아갈 고향이 그립다.
늘 갈망하는 눈빛으로 부르면
메아리로 돌아올 사랑이 그립다.

들불이 번지면 언제나 불어오는
바람처럼 달려오는 그리운 사람아
밤이면 밤마다 달빛에 머리 감고
아슴아슴 다가오는 그리운 임이여!
포근한 꽃잠에 꿈으로 오시는
당신은 그리움입니다.

박쥐

들판을 어슬렁거리는 짐승일까?
이상을 그리워하는 나래 펼친 새일까?
아마도 박쥐는 못될 듯합니다
뒤집어 보니 갈팡질팡
처음으로 돌아갈 뿐
속이 울렁거립니다.

우리는 모두 처음으로 돌아가는
진자운동 중입니다.
어머니의 품에 안긴 초심을 그리워하던
아이는 거친 파도의 너울에 흔들리고
종국에는 대지의 부드러운 흙으로
돌아가는 박쥐의 일생입니다.

낮달

푸른 별을 사랑한 반달은
끝없는 연서를 파도에 실어 보내도
무심한 갯바위는 대답이 없다.

오지도 않을 전설이 된 고래를
그리워하고 눈물은 흘러
텅 빈 바다에
물거품으로 사라졌다.

청옥의 맑은 하늘엔 바람이 불어
빈 쪽배가 너울너울 흔들리고
황량한 어촌에 물안개 밀려와
허허로운 아침이 온다.

아름답던 청춘의 바닷가에
사랑은 썰물이 되고
텅 빈 바다 너울만 아련하다.
낮에 뜬 달 너도 얼마나 그리워서
낮에도 밤낮 해변을 맴돌고 있다.

그리워서

김밥 생각에 그냥 김밥집에 갔다.
십자등 희미하게 밝히는
비좁은 공간을 딛고 선 너는
푸르른 파초의 희망으로 살아가는 사람아

얼마나 많은 하얀 밤을 지새우며
아픔과 증오의 눈물로 울었던가
빛바랜 속옷이 되어
중년에 걸린 인생이여

넘어지고 상처받은 고단 했던
인연은 잊어야만 한다.
헛바퀴 도는 인생사 억울함의
일면들은 검은 바다에 버려야 한다.

키 낮은 의자에 앉아 돌아본
한 번뿐인 삶의 여정 길
행복을 찾아가는 여린 소녀의 앞에
기쁨의 나날뿐이다.

그냥 김밥을 나만 몰랐다
우엉 들어간 그냥 김밥,
밥통에 그리움을 채우고 돌아가는 길
바쁘게 살아가는 다리 위로
떠오르는 달은 밝게 빛나고 있었다.

가을

뜨락에 불어온 수줍은 바람 한점
당신의 은은한 얼굴에 사랑이 핀다
결 고운 꽃이 피어난다.

된서리 내리고 서산에 해지면
허무하게 힘없이 시들어 버린다
태양의 사랑스러운 눈길에도
뜨락에 꽃은 진다.

푸른 빛 잃은 가을 낙엽이여
너 가면서 흘린 눈물 한방울
붉게 산화한 후 당신은 내 마음에
뜨락의 뽀얀 연기 되어 검게 탄다.

노을빛 사랑

눈감으면 촉촉하게
젖어 버린 눈동자가
당신의 얼굴을 그려봅니다

해 뜨는 태양도 수줍은 마음에
발그레한 얼굴이 됩니다
얼마나 더 그리워하면 내 품에
뛰어올까요?

일찍 일어난 용맹한 하늘의
따스한 햇볕이 너무 아름답습니다
고운 당신 오시는 길에
황금빛 융단을 펼쳤습니다

가만히 서산에 물드는
사랑을 그려 봅니다
보고 싶음에 애타는 마음,
그을린 하늘이 혼자 웁니다.

사랑은 눈물 한 방울
강물이 되도록
아프고 슬픈 일,
작별하는 작은 새의
지친 날갯짓을 닮았습니다

노을빛 하늘 아래
홀로선 벌거벗은
나목으로 남는
서글픈 사랑입니다

사랑은 눈물이 나고
아리고 아파옵니다
헛헛한 웃음이 멈추면
시나브로 사라질 이슬이 됩니다

누군가의 그리움,
밤새 우는 작은 새의
응어리진 가슴에
맺힌 눈물이 흐릅니다.

시월의 마지막 밤

가을날에 올 때 기쁨으로 왔다가
태양의 살가운 보살핌으로
소담한 꽃으로 한철 피었다

가을볕 한번 느긋하게 누리지
못하고 허둥지둥 흘러간 세월,
아등바등 매달린 키보다
높은 욕심을 채우다 허물어진 육신아

바람 불고 떨어질 낙엽이 물들면
그 수많은 어둠과 얼마나 더 처절한
몸부림으로 아파야 이별할까?

갈바람이 옷깃을 붙잡고 흔들며
계절의 시계는 겨울을 재촉하고
갑자기 불어오는 바람이
당황스럽고 준비 안 된 이별처럼
슬프고 힘들다.

까치밥

여린 입술을 살포시 포개며
봄볕에 그을리고
고단한 비바람에 흔들리던
푸르디푸른 청춘아

삐쩍 마른하늘에
황금 물결 일렁이는
가을이 오면
햇볕은 부서지고 또 부서져
그리움 봉긋 익어간다

붉게 물든 잎이 떨어지고
앙상한 가지만 남은 너에게
대롱대롱 걸린 내 마음
까치밥으로 보시하고
살가운 미소를 짓는다

뚝 떨어져 버림받아도
좋을 가을빛 스러지는
사랑이 익어간다
신열을 앓는 아이는
중년의 계절이 반갑다.

한철의 사랑

멋진 날은 스스로 만드는 것이다
세상에 완벽한 것은 없다
시간과 공간도 늘 변한다
그러나 진실로 사랑하는 것은
보석보다 가치 있는 것이다.

자연에서 왔다가
자연으로 돌아가는 길에
사랑의 씨를 뿌리고
우직하게 꽃피워라
행복을 밝혀 빛나는
사랑이 되어라

황금 물결 일렁이는
들판이 여물고
메뚜기 푸른 핏빛
가을 물들어 굳은살 오른
대지와 함께 노닐다

저물어 돌아가는 길에
누렇게 변한 나뭇잎이
우수수 떨어져 낙엽이 되던 날
또 한철의 사랑으로 익어가라.

사랑은 백색소음

갈바람이 붉게 물든 단풍나무를 스치고
긴 하루를 밟으며 부서진다.
참새들은 안개 낀 새벽 기도를 하고
재잘재잘 고해성사를 한다

피레네산맥을 걷고 있는 소녀의
발랄한 웃음소리 메아리가 되고
보고 싶어 불러도 찬바람만 스친다.
눈가에 맺히는 이슬만 아련하다

노란 조개를 찾아 산티아고
바닷가를 걷는 순례자의
귀에 밀려오는 파도의 소식을 들으며
조용히 길떠난 소녀의 안부를 염원한다

알 수 없는 미래를 위하여
열심히 살아가는 분주함 속에
절정의 단풍이 물들고 멀고 먼 산길을 걷는
바스락거리는 낙엽 밟는
백색소음에 고단한 하루가 잠든다.

사랑은 한잔의 차

황홀한 가을 향기에
숨 막히는 하루도
쉬엄쉬엄 넘어간다
단풍에 절정의 순간이
마음 한쪽 붉게 물든다

가을 산이 너울로
밀려와 찻잔에 비치면
맑은 그리움으로 다가와
광야에서 목놓아 소리쳐 울었다.

아, 어디서 무엇이 되었든
꽃으로 피어나라
너는 누구의 꽃 인가
사랑으로 피어나
천국의 계곡을 흘러가라

마셔버린 식은 찻잔에
이별이 어둡게 찾아와도
나는 바보처럼 너를 그리워한다
심장이 뛰는 너를 마시면
태고의 사랑이 온다
꽃이 핀다.

가을날의 출산

빈듯하지만 단단한 글
이리저리 창문 열어
들락날락하는 맑은 그리움
한 가닥 조탁하고

동공을 열고 바라본
덧없는 세월아
조락의 시간이 되면
추억을 눌러 그려본다

곁을 주지 않는 사랑에
가을이 시들고 쓸쓸한
외로움이 돌기 한다

사랑의 수레바퀴 돌리고 돌려도
헛도는 인생이여, 서산이 물들면
진정으로 사랑하는 마음 담아,
가을날에 시의 탯줄을 자른다.

당신의 가을

낙엽이 물들어 우수수 떨어지는
길을 함께 걷자고 약속한 여인아
언약의 징검다리 흘러간다

달빛과 함께 노닐다
저물어 돌아가는 길에
노란 국화꽃 별처럼 반짝인다

그대가 부르면 달려가
당신의 가을이 되렵니다
알록달록 햇살을 받으며
빙그레 물들고 싶다

가을 산이 되고 싶다
그리워 소리쳐 부르면
메아리가 되리라
당신에게 물드는 완전한 사랑 되리라.

찻잔

반짝이는 눈동자 바라보며
찻잔 마주하던 고운 님은
어디서 무엇을 하고 있을까?

아슴아슴 떠오르지 않는
오래된 이름 하나,
물안개 피어올라 찻잔에
그리움을 채워 넣은 후 마셔버렸다.

빈 찻잔이 식어 갈 때 우두커니
키 자란 그림자 창문 넘어 들어와
두근거리는 가슴을
포근하게 감싸줍니다.

붉은 노을 빛으로 물든
내 품에 안긴 그 옛날 찻잔
긴 한숨 소리 들리는 빈 가슴에
그리움 한잔 녹여 주고
또 다른 아침은 달려갑니다.

가을 사랑

저마다 어깨를 짓누르는
삶의 무게에 지치고 힘들 때
가만히 서산에 기우는
태양은 수줍게 물들고

삶의 묵은 때
바람결에 날리면
깊은 미소에 소란스럽던
하늘도 발그레 웃는다

노을빛 스러지는 들판을 걷다
가로등 불빛이 밝아오면
하얀 고백을 속삭이던
그대와 함께 걷고 싶다

농익은 입술을 그리워하다
나뭇잎이 우수수 떨어진
앙상한 가지만 남은
홀로 선 가을 나무도
창백한 얼굴로 늙어간다

온종일 하늘 보고
붓질한 갈대의 순정에
가을의 사랑은
붉은 노을이 되어
서산을 물들인다.

지킴이

아침 일찍 일어난 새들의 지저귐
부서지면 익숙한 묵은 먼지 쌓인
철물점 덧문을 연다

콩나물 넣고 쉰 김치에 라면과
식은 밥 끓인 갱죽을 좋아하시던
그리운 사람아

굴곡진 세월 온몸으로 부딪혀
부서지며 칼날 위를
걷는 아픔으로 살다간 아버지!

그리움을 쌓아 당신의 가슴에
닿으면 굳은살 거친 손으로
맺은 인연의 끈을
풀고 자유롭게 날아
행복의 꽃자리 찾아가세요.

가을 운동회

만국기 펄럭이던 운동회 날
뽀얀 먼지 날리며 청군 백군
대항전 응원 소리 높다

할아버지 낚시에 선물도 푸짐하고
울 엄마 뛰다가 넘어져도 즐거운 하루
마지막엔 콩주머니 던져 박 터지면 웃음도 터진다

노을이 지고 돌아가는 추억 속 길가에
순이도 상으로 받은 빈 공책에
코스모스 이름 새긴다

청군이 이겨도 백군도 즐거운 운동회 날
커다란 운동장에서 모두 웃는 얼굴로
각자의 집에 가을의 흥겨움을 담아 가셨다

눈부처 사랑

사랑의 시작은
가만히 있어도
당신의 발랄한
매력에 눈웃음이 꽃핀다

천릿길을 걸어온
나그네의 목마름을
해갈하는 소나기가
만든 웅덩이에
연꽃이 피어나면

콩닥콩닥 뛰는 심장이
발그레한 얼굴에
단풍 물들인
깊고 검은 진주에
당신이 웃는다

앞바퀴가 구르면
뒷바퀴가 까르르
웃으며 자지러지는
분홍색 자전거를
함께 타고 달려가

눈동자 깊은 우물에
밤새워 퍼 올린 달콤한 사랑,
밤낮없이 마주 보는
세상 아름다운 완벽한
몰입의 경지가 된다.

*눈부처 : 사랑하는 사람의 까만 눈동자에 항상 비치는 사람의 모습
눈동자 망막에 보이는 사람을 눈부처라 합니다

하회마을의 가을

황금 물결 일렁이는 들판이
그리워 돌아온 한철 메뚜기의
푸른 피가 차갑게 식으면
논두렁을 날아오르던 새들도
그리움에 둥지를 찾아갑니다.

이끼 자란 기왓장 고래 등 같은
집, 처마 아래 육백 년을 지켜온
겸손한 종부의 제사상 떡 쌓아
올리는 정성 어린 손길에도
그리움이 묻어납니다.

동해에 비릿한 물을 마신
태양의 붉은 살이 오르면
어머니 달콤한 젖을 빨던
탐스러운 아이의 배냇짓 미소가
그리움입니다.

태백산맥의 맑은 공기를 토하던
사철 푸르던 소나무,
늙은 목수의 보드라운
대패질로 우뚝 선 대들보의
벌어진 틈에 끼어 있는 당신의
숨결이 그리움입니다.

여류시인

몇몇 인연의 굴레에 상처받은 마음,
잠 못 드는 불면의 수많은 밤과
하늘하늘 흔들리는 우울한 핏빛 서러운
인생을 살아온 가녀린 임아

하얀 백지에 다시 한번 되새기며 시를 쓰고
다시 고쳐 쓴 퇴고의 세월이 흘러
개여울 굽이굽이 돌아 북두칠성 안드로메다를 지나
은하수 건너 넓고 잔잔한 꽃망울은 달렸습니다.

마음 밭에 행복의 꽃씨를 심고
사랑스러운 얼굴에 연분홍 붓질하던 솜씨 좋은 손길이
하늘의 성근 별을 불러와 심연의 꽃밭에
총총 별 밭을 만들었습니다.

한 땀 한 땀 십자수 수를 그려 넣은
글 밭에 등불을 달았습니다.
세상 빛나는 고운 시를 만들어
마음 밭을 밝게 비추는 별꽃이 되었습니다.

바램

가을비 내리는 날
내 마음은 젖었습니다
붉게 물든 내 마음,
바람에 날려
당신의 농익은
가슴에 안기고 싶습니다.

두 번 오지 않는 간이역에
지나간 기차를 기다리는
헐벗은 나그네의
쓸쓸한 외로움도,
당신의 발랄한
미소에 잠들고 싶습니다.

거친 바다를 가로지르는
갈매기의 날개보다
부지런한 손길로,
비에 젖은 얼굴을
보듬어 안아주는 향기로운
당신의 손에 눈감고 싶습니다.

참새의 재잘거림에
잠에서 깨어나
현실과 꿈을
구별할 수 없는 사랑에 젖어,
따뜻한 목소리로
당신의 하루를 노래하고 싶습니다.

그리운 달님아

별이 빛나는 밤
스러질 듯 자란 그리움은
촉촉이 빗물 머금고
단풍에 실어
꿈에서 당신이
달아 준 날개를 달고
그대 가슴을 향해 날아갑니다

언젠가 돌아가는 길에
국화꽃 잎이
바람에 날려
내 무덤가
구석진 자리
하얀 향기
비에 젖었습니다

뼈가 부서지고
칼에 베인 상처로
지쳐 스러지고
힘들어도
세월의 이야기
밭고랑 같은
주름살에 녹아서
만면의 웃음으로
하얀 꽃이 되겠습니다

당신이 불러준
이름으로 사랑하고
갈망하며 부드러운
입술을 추억하다가
가을이 오면
그리움으로 떨어지는
낙엽이 되겠습니다.

가을비로 내리소서

가을비로 오신 임아
앉아 천 리 서서 만 리
명견만리 보신 임아
우리 맘에 내리소서

내리소서 사랑 비로
내리소서 서리서리
내리소서 어깨 잡고
소매 잡아 서리서리

내리소서 민낯으로
내리소서 두근두근
콩닥콩닥 가슴 뛰는
사랑이여 아침저녁

달님이여 해님이여
바람 부는 구름이여
둥실둥실 당신에게
가을비로 내리소서

봉정사

영산암자 국화꽃
천년고찰의 불경을
가만히 듣는다

계단 오를 때마다
억천 겁의 세월이
바람처럼 스쳐 간다

지금 바로 숨 쉬는
공기 속에 화엄의
극락정토 꽃핀다

당신은 누구인가
늙은 소나무가
수인사를 청한다.

비문

잊지 않고
찾아와서 고맙다
처음부터 죽도록
영원히 사랑한다

인생의 책장을
한장 한장
단디 봐라

미소는 상대방을
배려하는 마음이다
항상 사랑하고
스스로 행복해라

너는 꽃이다
늘 향기로운
삶을 살아라

달님아

태양은 노을을
밟고 스러지고
바다는 너울을
타고 파도로 부서진다

바람은 구름을
몰고 다니며
이리저리 비를 뿌리고
사랑의 싹을 키우고
달콤한 열매를 맺는다

이상을 찾아 거닐다
이데아를 그리워하다
그렇게 서성이다
또르르 흐르는 눈물이
되어 안기고 싶다

당신의 가슴에 선량한
영혼이 되고 포근하게
안겨 달보드레한
사랑의 포옹이고 되고 싶다.

한가위

사랑하는 달님아
해찬솔 솔바람
솔솔 불어 가슴을
스치면 보고픈 맘
노을 붉게 물든다

사랑하는 임이여
여름이 순산한
뜨거운 열정의
맑고 밝은 한가위
보름달 떠오른다

사랑하는 달님아
밤이면 밤마다
당신이 그리워
갈바람에 내 마음
별처럼 스러진다

사랑하는 임이여
갈무리 끝난 길을
걷다가 만나는
쑥부쟁이 들국화
향기가 흩어진다.

섬

끝없이 밀려오는 그리움이
높고 낮게 부서진 너의 얼굴을
보듬어 안고 쓰러져도
울먹이는 통곡의 바다를
묵묵히 지키고 있다.

갈매기 짠 바람을 치고 올라
먼 하늘 끝 여명이 밝아오면
물안개 사이로 부산한 고깃배는
깃발을 세우고 만선의 꿈을 꾼다.

붉은 태양이 한낮의 바짝 마른
우물을 지나가 너와 함께
쓰러질 고독의 섬은 늙고
텅 빈 어촌은 목이 멘다.

하얀 물거품은 노을빛으로
물들고 그녀와 함께 걷던
바닷가에 어둠이 찾아오면
감당할 수 없는 외로운 마음이
한 점의 검은 별이 되어 저문다.

시인의 일상

꽃길을 걷다 뜨거운 여름이 출산한
가을이 익으면 냉가슴 서러운 마음
따스한 아궁이, 아랫목 겨울을 녹인다

시향을 찾아 거닐다
들국화 향기가 갈바람을 타고
코끝을 스치면 가슴에 녹여
달보드레한 시어를 토해낸다

바지랑대 끝에 앉아
꿈꾸는 잠자리를 동경하며
청옥의 맑은 하늘을
날아 단 하나의
사랑에 일생을 바친다

지천에 널린 자연이
그려놓은 사랑을 갈망하고
보들보들 뜨거운 가슴으로
꾹꾹 눌러 쓴 글을 그리워한다.

바람의 언덕

우주 끝 불어오는
바람을 맞으며
버티고 선
서글픈 세월아

선자령 진달래
바람의 언덕 위에
연분홍 치마 날린다

사랑은 하늘 높이
두 팔 벌려 보듬고
은근한 향기는
파도를 타고
너에게로 가는 길

그리운 먼저 간 님
소식이 들려와
귓가에 우는소리
통곡에 바다

하늘바라기 사랑

해바라기 하늘바라기
누가 봐도 소용없는
외마디 사랑입니다

아침부터 저녁까지
하늘만 바라보며
뜨겁게 반짝이는 눈동자

까맣게 타버린 가슴
알알이 맺은 사랑에
애간장 녹아듭니다

부러워 내민 손 보듬어
안아 보니 허리 굽혀 인사하는
소박한 꿈을 꾸는 해바라기 사랑

소반 위에 정화수가 흔들리면

춤추는 계절
천년을 기다려
홀로선 하얀 나비
꽃을 찾아 날아왔다

조롱조롱 매달린
소원을 적은
하얀 정성에
삶을 듣고 답하는
나래짓이 신령스럽다

펼친 큰 부채가
일으킨 바람이
골짜기마다 불어
지친 몸과 마음을 치유한다

찬 이슬 방울방울 맺힌
새벽을 지나 뜨거운
태양의 구애를 받고
문지기 없는 대지에 안긴다.

함박꽃

예전엔 몰랐다
작약과 모란이
다른 꽃이란 것을

지나가는 바람처럼
스치기만 했었다
무릎을 꿇고 엎드린
신부의 꽃을 알아버렸다

작약의 깊은 덕을
보고 말았다
함박웃음 속에
깊은 뿌리
너의 사랑을

시의 눈으로만 보이는
깊은 사랑을 알아 버렸다
모란이 피고 지면
함박꽃이 피고 신부 꽃이
너란 걸 알아 버렸다

부끄러운 깊은 곳에
함박꽃이 피는
이유가 하얀 작약꽃
너란 걸 알아 버렸다

마음 그릇

행복은 내 맘대로
만드는 것
고통의 습관을
바꾸는 것은 바로 나

오고 간 자리 없고
본래 그 자리에 있는데
이리저리 사랑을
찾아 떠나는 여행

풀려고 움켜쥐면
더욱 엉겨 붙는다
눌어붙은 누룽지
물에 불려 시간이 지나면
저절로 숭늉 훌륭하다

마음 그릇을 반듯한 긍정의
자세로 바로 세우고
순리로 살아야 행복이지
헛된 욕심은
도로아미타불 공염불이다.

달빛은 강물 따라 흐르고

보름달 밝게 빛나는 밤
산맥은 바다로 달려
여름을 펼쳐 놓고
알알이 익어가는
청포도 푸른 나날은
얼마나 남았는가?

백마를 타고 온
초인이 여기 있노라
달빛은 강물 따라 흐르고
내 마음에 뜨는 달그림자
임의 창가를 넘어
뽀얀 가슴에 안겨 울었다.

미리내 강물을 건너
하얀 달빛은
쉬지 않고 밤을 달려와
산을 넘고 물을 건너
전하지 못한 뜨거운 혼불
그대의 품에 사랑을 풀어 놓고
젖어 드는 밤은 깊어만 간다.

슬픈 계절

푸르던 청춘의 바닷가
부서지던 파도 보다
거칠고 사납던 시절은 가고
풋풋한 사랑은 계절의 흔적을 남기고
속절없이 가버렸다

세월의 무게에 짓눌리고
된서리 내린 계절은 핏빛으로 물들고
맑은 샘에 찬물이 솟아나듯 계절은 흘러
내 입술 같은 사랑도 아슴아슴하다
보고 싶어 불러도 대답 없는 메아리에
슬픈 계절이 너울로 밀려온다.

가을 바다의 쓸쓸한 뒤안길
부서지는 파도의 물거품으로 사라질 인생아
하늘도 지나가는 구름과 함께 노닐다
서산 너머 노을빛 저물고
퇴색된 꿈은 산 아래 멈췄다

뚝뚝 떨어지는 나뭇잎
서럽게 물드는 가을 사랑은
너울로 밀려오는
그리움으로 아련히 부서진다
하늘도 시리도록 푸른 날
어깨를 스치는 갈바람이 서럽다.

나뭇잎은 떨어지고

살아있는 자연은 한철 인연인 것을
사는 일은 허허로운 욕심이다

비우고 버릴수록 바람처럼
물처럼 흘러가는 것일 뿐이다

세상에 내 것은 하나도 없으니
마음을 내려놓고 편히 하소서

기쁨도 슬픔도 한 우물 두레박
잠시 맺혔다
또르르 떨어지는 이슬방울

바람처럼 스쳐 가는 인연
나뭇잎은 떨어지고
외면할 수 없는
가을은 슬픔의 바다

말뚝이의 소원

축제의 계절, 여름 내내 스며든
땀방울을 씻어 주는
흥겨운 바람이 분다.

가시 박힌 손 움켜쥔
북채에 힘이 솟는다.
하늘 보고 채찍을 휘두르는
말뚝이 광대의 소원을 묻는다.

갈바람이 솔솔 불어
높고 낮은 곳으로
맑은 공기를 실어 나르며
어여쁜 조국의 농익은
품에 안겨 오롯이
춤추는 신명을 풀어라.

푸른 하늘 아래 익어가는
감나무에 매달린 가을이
수줍은 소녀의 여린 볼처럼
발그레하게 물들면
어여쁜 가을도 예쁘게 웃겠다.

추억

천진난만한 시절
옹기종기 모여
한지에 풀 먹이고
대나무 자잘하게 붙여
만든 가오리연

시리도록 푸른 하늘
바람이 만든
에메랄드 창공 한 귀퉁이
어릴 적 쪽빛 청춘은
긴 꼬리 가로질러 날아가고

가을이 된 반백의
개구쟁이 친구여
하얀 서리 내린
그리운 얼굴아

우주 끝 한 모퉁이
날고 있는 가오리연은
골목길 재잘거리던 추억과
맴돌고 있겠지.

아름다운 사람들

최영호 제 2시집

초판 1쇄 : 2018년 4월 18일

지 은 이 : 최영호

펴 낸 이 : 김락호

디자인 편집 : 이은희

기 획 : 시사랑음악사랑

인 쇄 : 청룡

연 락 처 : 1899-1341

홈페이지 주소 : www.poemmusic.net

E-Mail : poemarts@hanmail.net

정가 : 10,000원

ISBN : 979-11-6284-008-5